U0741939

我喜欢文字
喜欢他们堆砌起来
成为华美的楼宇
那样地令人惊叹
心中也有许多想法，需借助笔来抒发
小女子
一无国仇，二无家恨
一个正处于青春年华的少女的无聊之作
若有可笑之处
还望见此文字者一笑了之

凤不曾来过

FENG
BUCENG LAIGUO

李宜达　著

安徽师范大学出版社
· 芜湖 ·

责任编辑:汪鹏生　辛新新　　　　责任校对:潘　安
装帧设计:丁奕奕　　　　　　　　责任印制:郭行洲

图书在版编目(CIP)数据

风,不曾来过 / 李宜达著.—芜湖:安徽师范大学出版社,2014.12(2015.11重印)
ISBN 978-7-5676-1694-3

Ⅰ.①风… Ⅱ.①李… Ⅲ.①诗集－中国－当代②散文集－中国－当代
Ⅳ.①I217.2

中国版本图书馆CIP数据核字(2014)第277837号

风,不曾来过

李宜达　著

出版发行:安徽师范大学出版社
　　　　　芜湖市九华南路189号安徽师范大学花津校区　　　邮政编码:241002
网　　　址:http://www.ahnupress.com/
发 行 部:0553-3883578　5910327　5910310(传真)　E-mail:asdcbsfxb@126.com
印　　　刷:安徽芜湖新华印务有限责任公司
版　　　次:2014年12月第1版
印　　　次:2015年11月第2次印刷
规　　　格:710mm×1000mm　1/16
印　　　张:8.25
字　　　数:100千
书　　　号:ISBN 978-7-5676-1694-3
定　　　价:18.00元

写作的意义（代序）

近几年来，从中央到地方各级政府的文化宣传部门和教育部门，都在大力推行和促进阅读，取得了良好的成效，而最有效的推进阅读的方式，我认为莫过于提倡写作。作为一个出版人，我始终自觉地把出版佳作、推进阅读视作己任，在选题策划和出版构思上下了许多工夫，希望能为国家的阅读工程作一点贡献。

去年九月，一位在政府文化管理部门工作的朋友向我推荐了这本书稿，他认为，这是一个很有灵气的孩子的作品，大有可读之处，希望能够出版，并且认为在当下出版有一定的推进阅读的意义。经过半年多时间的编校和加工，终于正式出版了，这就是现在奉献在读者面前的这本小书《风，不曾来过》。

我原本没有对这本书抱有多大的期望，但作为一个出版人，我尊重一切文化成果，我认为一切文字作品都是神圣的，值得我们用敬畏的眼光去看它。在这个理念的指导下，我认真地读了书稿，发现了这本小书不同凡响的地方，觉得推进这样的写作在当下有着特殊的意义，我决定自己做这本书的责任编辑。

作者是一名高中生，而其中的大部分作品还是她在读初中的时候写下的，我不想过问她的读书成绩如何，我只是从这部作品集中看到了写作和阅读在她身上发挥的重要作用。

一个涉世不深的中学生，她的生活环境不外乎上学、上课、做作业、考试，还有成绩单和父母们对于子女考上好大学的满满的期望以及由这些期望带来的饱含着期冀的目光。

我们知道，对于一个学生来说，最累的就是在临近高考的时光里，特别是对于在重点高中学习的学生来说更是如此，学校有压力，家长也有压力，成天要看的都是考试的东西，毫无趣味可言，也没有时间和精力来做阅读和写作的事情。可是，我们在《风，不曾来过》这本小书里看不到那些无法言说的压力，只能抚摸到一种淡淡的春风一样的情绪，小到对学习的烦恼，大到对宇宙的情怀，还有一些对家长的不理解的幽幽的埋怨之情，都在文句间自然地流淌出来。可是令人欣慰的是，作者在对家长的幽怨中总是一种理解的埋怨。这又好像很符合我们儒家传统文化的要求"发乎情止乎礼义"吧。

当过学生的人都知道，阅读是快乐的，而写作往往令人烦恼，我们从上小学开始时的写作文到大学毕业时的写论文都是迫不得已而作，能把这些当成乐趣的只会是一部分佼佼者，本书的作者肯定是这样一个优秀分子。她分明把写作当成了生活中必不可少的内容，因而她的写作是自觉的，是勤劳不辍的，看得出来，她是快乐的。

从阅读作者的这本小书我们还可以看到，她的学习生活很充实，她的阅读生活也很丰富，要不然她哪有这些耐读的作品。可以想象的是，有这样的学习和阅读的经历，辅之以持之以恒的写作，在未来的人生道路上她必定过得充实而淡定，就像这本书的名字一样，给人以清新和温润之感。

作者希望本书出版后应该有一篇序，最好是名人来写，在寻找了一番之后，发现名人都很忙，无法交差，只好自己来充竽，写了这么一篇文字，不能叫作序，算是一名老编辑对时下读书写作的看法，为读者们阅读本书作一个说明。

汪鹏生

2015年1月15日

赠　言

　　第一次见到李宜达，是在新学期报到的那天，文静内向是她给我的第一印象。在那个喧闹而忙碌的早晨，这个皮肤白皙、身材瘦弱的小女生的沉静被我简单地解释为对环境的不熟悉，但随着时间的推移，我渐渐发现，安静其实是根植于这个小女孩性格中的一种品质。她总是安静地说话，安静地听课，安静地思考。而现在，当我安静地读完这本诗集时，我才惊觉，在这个小女孩安静的外表之下潜藏的是她对生活的巨大热情和独特的思考，她有着世上最不安静的灵魂，而当我写下这些文字的时候，我正被这份热情所感染甚至感动着。愿她的这份安静中的热情能感染更多的人，也愿她的写作之路能越走越宽阔。我们的"益达"，加油！

芜湖一中　　周本卿

自　序

　　我是李宜达，大家可以叫我"益达"，曾经我的大名叫"李泽天"，却成天地被别人喊成"武则天"。

　　莫言曾说过人生四然：来是偶然，去是必然，尽其当然，顺其自然。那么我也顺其自然吧！

　　我的性格其实很矛盾，内向而开朗，温柔而豪放，柔弱而刚强。或许乍一眼看上去，觉得这个女孩弱不禁风、温婉内敛，但时间一长，你会有意想不到的发现。我的兴趣爱好特别广泛：画画、写作、看书、唱歌、听音乐、手工……尤其是写作与读书，已经被我列为与睡觉一样重要的人生大事。我爱写东西，直到中考前一天我还是忍不住泼墨一番。爱看诗集：喜爱席慕蓉的优美，泰戈尔的纯真，仓央嘉措的不羁……曾为纳兰性德的身世而感伤，憧憬着三毛在撒哈拉沙漠的生活，赞叹李清照一代才女的非凡气质，为莫言取得诺贝尔奖而喝彩，我一直相信上帝是个诗人，每一个停顿和每一个转折都是为了生命变得完整而美丽。

　　这就是我，不是"炫迈"，也不是"绿箭"，是"益达"，是你们的"益达"！

目　录

风，不曾来过

寄情花雨

一位花季少女试着与生命对话

分数论英雄

已是固定模式

但花非花　雨非雨

唯有寄情花雨

写下心语　记录她的心路历程

纵然百般无奈

但不得不背弃自己的初衷

费力地前行

和她有着同样内心独白的花季少年

你们在哪里

精选篇

陌上花开

2012.5.31

我曾在
暗香浮动的夜晚
在镜前
默默地凝望
垂落的青丝
缭绕着木梳
可记得
那流水的岁月
可记得
那飞舞的时光
彼时的你
此时的我
终隔着
一道绚烂的银河
墨空中的群星
化作犹疑的泪
也许
你还是你
也许
我还是我
也许
我还会抱着一束雏菊
朝你
暖暖地笑

可镜前的我
凋零的笑容
藏着狼狈与不堪
等等我
请等等我
请
放下你远去的脚步
等等我
你的步伐
太快
你的步伐
太急
我害怕　害怕
在你如此匆匆的脚步中
颓然老去
我害怕　害怕
在你如此匆匆的脚步中
告别阳光
我曾在
暗香浮动的夜晚
在镜前
深深地凝望
微垂的双眼

淡淡的眼影
可记得
那冗长的往事
可记得
那瑰丽的回忆
曾经的你
现在的我
终隔着
一道绚烂的银河
墨空中的群星
化作仓促的泪
也许
你已不再是你
也许
我已不再是我
也许
你再次与我相逢之时
我不再能认出你的容颜
淡然
擦肩而过
可镜前的我
凋零的笑容
藏着狼狈与憔悴
相信我

请相信我
敞开你关闭已久的心扉
相信我
你的淡漠
太冷
你的距离
太远
我害怕　害怕
在你如此遥远的距离中
颓然老去
在你如此遥远的距离中
告别阳光
永别忘记
拥抱我时
身后那簇
娇
艳
的
花
陌上花又开
流年一去不复返

送我一片阳光

2011.8.26

请送我一片阳光
灿烂的阳光
如此之亮
金色之光
请照亮人们被阴云
迷住的双眼

请送我一片阳光
炽热的阳光
如此的激情澎湃
请给那些麻木的人群
一颗少年般热血的心

请送给我一片阳光
温暖的阳光
如此温馨
给那些寒冷的孩子
一片温暖的微笑

幸福的脚印

2013.10.4

是一缕阳光捎来的
是一片绿叶捎来的
是一声鸟鸣捎来的
我看见了
幸福就在前方
她羞涩地瞅着我
满面通红
含苞待放
她急切地向前走着
回了回头
我看见了
幸福就在前方

是一团云彩捎来的
是一片花瓣捎来的
是一阵蛙鸣捎来的
我看见了
幸福就在前方
不是镜花水月
不是海市蜃楼
她那样的年轻美丽
落落大方
亭亭玉立

我看见了
幸福就在前方

我看见了
幸福就在前方
是尘埃落定的平静
是大风大雨过后的安宁
她的脚印那样清晰
一步一步地
走进我的心里

小·小·

2012.5.20

在我的心中

有那么一个角落

开放着　开放着

一朵

小小的花

兴许是害怕喧闹

它

小心地

仰着脸庞

在我的心中

有那么一个角落

孤单地　孤单地

坐着

小小的娃娃

兴许是害怕安静

她

努力地

挥动裙摆

小小的　小小的东西

满满地　满满地

充实了心

祭 灯

2011.11.15

撕裂了几个温存的夜晚

我　期盼黎明

也许

向往那黎明朝阳的

温暖

也许

是恐惧无月之夜的

凄凉

也许

是忘不掉你蓦然回首的

微笑

也许是迷离在烛光中的

双眸

撕裂了几个温存的夜晚

我　期盼黎明

我用那微弱的烛光

驱赶黑夜的梦魇

我用永恒的心

雕刻你婀娜的背影

我用鼻翼

去探寻你残留的气息

啊　祭灯　祭灯

祭拜我心中高贵的女神

雨 怜

2011.10.26

滴落在指尖的温度
冰凉
想想前尘的往事
悲伤
回忆儿时的木马
难忘

请不要忘记那场雨
那场哀伤的雨
轻轻拥我入怀
却触及冰凉

我勾画相遇的交点
却算错了时间
那场雨
淋得我无奈又狼狈

请不要忘记那场雨
潮湿的气息
却掺杂着清新
我唇瓣微启
贪婪地吮吸
却有一股
苦涩蔓延到嘴里

请不要忘记那场雨
那场
心房的雨

清 淡

2013.11.28

我在你怀里小小地憩息
留下淡淡涟漪的痕迹
轻拂着你湿润的额头
天空闲云就在那里
不必着急
不必着急
去追寻清晨那第一缕和风
去拥抱夜晚那最后一片微光
我在这里
我就在这里
在你怀里小小地憩息
请放慢心跳
请等等时光
别吵醒我绚烂缤纷的美梦
请安静
随我一起聆听这大地的吟唱
我在你怀里小小地憩息
留下浅浅鸟鸣的痕迹
轻拂你柔和的唇瓣
草地上羊群就在那里
不必着急
不必着急

去扑向黎明破晓前的森林
去冲进黄昏迟暮后的海洋
我在这里
我就在这里
在你怀里小小地憩息
请放缓呼吸
请等一等时光
别打碎我五彩斑斓的幻境
请安静
随我一起感受这人间的呼唤

你从我生活中飘走

2011.9.20
你的悲伤
已嵌进我深邃的双眸
从此
挥一挥手
你
便从我手心流走
可是心
却留恋你的那次回首
你的悲伤
已嵌进我深邃的双眸
从此
眨一眨眼
你
便从我身边飘走
可是鼻
却还残留着你秀发的余香
你从我的生活中飘走
像一双魔手
偷走了彩色照片中的颜色
自此变得黑白
成了记忆的沉淀
可你的悲伤
仍如此真切
让我久久不能
忘怀

风的脚印

2012.7.23

请像风一样
吹进我心里
窗外的云正好
我会像从前一样
用心去勾勒门框
等候着你
缓缓归
那青山的模样
已刻进画里
只是缺少
你不舍的背影

莫回首
请像风一样
轻轻执起我的手
心中不曾留下痕迹
思念也一并带走
浓夜中洒落的月华
在轻轻地伴奏

请像风一样
吹进我心里
窗外的花正好
我会像现在一样
用心去勾勒床沿

企盼着你
缓缓归
那碧湖的模样
已刻进画里
只是缺少
你寂寞的背影

莫回首
请像风一样
轻轻捧起我的头
眼中不曾留下踪影
悲伤也一并带走
清晨中洒落的光晕
在轻轻伴奏

像风一样　像风一样
来无影
去无踪
不曾回想
便也不曾遗忘
悄悄地掠过某个角落
再来寻找时

只留下
浅浅的风的脚印

开在 16 岁那年的花

开在16岁那年的花

——追忆史铁生

（一）

雪说

我等了漫长的四季

只为今天

融化在你的怀抱

能够贪念　那一时的温暖

阳光晴好

你不顾一切地张开双手

从此便将

寂寞融化

或许

你无法感到

我竭尽全力带给你的一丝冰凉

是那样的微不足道

但只要你轻轻一笑

我便会　便会

穿越千山万水

来到你身边

纵使这一切需四季的等待

而我

也心甘情愿

所以　谢谢你

说喜欢

让我对冰冷有了眷恋

让我不再害怕阳光

和明天

（二）

我驻足在

那个孤寂无力

而又苍白的晚卜

等着朝阳

来牵我的手

一起走过黑暗

从此

不再呼吸也没有关系

而梦想它

随尘散去

尽头里

没有人

没有我

若那以后我们重新来过

是未来

与你擦肩而过

没有念想

我驻足在
那个孤寂无力
而又苍白的晚上
等着冷雨
将我一并带走
一起穿过光明
从此
不再呼吸也没有关系
而诺言它
随风飘去
终点里
没有人
没有我
若那以后我们重新来过
是过去
与我相偎相依
放纵思念

（三）
夜晚
那些神秘的地方
散发着罂粟花的芬芳
切莫去摘那娇艳的果实
切莫去尝

或许我可以用你的青春去浇灌
黑夜
而今后
今后
又是谁与谁擦肩
谁与谁相依
那童话般的幸福
又书写着怎样的无力
青春的花啊
香过一时便谢了
将那果实
留给人生
慢慢品尝

（四）
我将自己装扮得疯癫
为了遮掩憔悴的过去
一切的一切都相隔太远
我无法听见远处的呼喊
呼喊着让我逃出深渊
我在支离破碎的月光里奔跑
寻找何时不小心遗落的枯叶
努力劝它放弃执著的世界
因为还有春天

我将自己装扮得疯癫
为了逃出时间为我画的圈
回忆太多太臃肿
我无法挣脱浑浊的天
浑浊的天里漆黑一片
是惶恐
我在眼花缭乱的阳光里奔跑
寻找何时有意留下的印痕
努力将它抛得更远
因为还有明天

我将自己装扮得疯癫
为了拥抱突如其来的明天
翅膀的羽毛还未丰满
我无法飞向属于自己的草原
那里荒凉一片　是寂寞
我在千姿百态的繁花里奔跑
寻找躲藏在某处的彩蝶
努力带它冲破世俗的束缚
因为未来还很遥远

是紧紧拥抱着脆弱的心
还是将自己推向遥不可及的
明天
昨夜的花开得正好
青鸟在旁高歌
我无法放纵自己
放纵自己在这世界沉浮
忘记曾经的我
饱含着怎样的情感
而对初成的花儿
芬芳从此不再属于那片土地
而那时
又该是如何抽泣

我该拿什么来面对如花似锦的
未来
是紧紧闭上双眼
还是将自己拉向深不可测的
明天
昨夜的叶落得正好
青鸟在旁高歌

（五）

我该拿什么来面对如花似锦的
未来

我无法任由自己
任由自己在这天地游荡

忘记以前的我
饱含着怎样的情感
面对早晨的阳光
温暖从此不再属于那片土地
而那时
又该如何抽泣
我该如何面对未来

（六）

在佳酿苏醒之前
我愿静静地等待
一切都需要沉淀
而沉淀需要时间
生活有的是时间
就像
蓝天有的是云彩
而尽头拥有的是永恒
我们都不曾拥有
它像阳光
我们只有用心感受
当它住进心里时
于是便拥有了它
它便拥抱了你
这就是温暖

当打开心门时
让永恒住进来
我们便拥有了永恒
它将我拥抱
我们彼此相偎相依
看着沧海桑田的变幻
那只是过路的风景
于是
我闻到了佳酿的芳香

（七）

岁月是丰腴的美人
用她嫩如凝脂的玉手
将人们推向明日
任沧桑留下痕迹
她便捂着小嘴
在那
痴痴地笑
岁月是个美人
她永远立在那儿
让你无法看清她的容颜
却还在那
引诱着你
为她放弃童年

放弃青春

我用记忆为她画眉
努力地遮掩她空洞的眼
于是描了一遍又一遍
她朝我倾国倾城地笑
却碎落了一地惨白
任香袖在凉风中摇曳
我们彼此不愿放开冰凉的手
她知道　她什么都知道
而我惶恐地将未来戳破
惊醒了一帘幽梦

岁月是个丰腴的美人
而如今却日渐消瘦
她用娇弱的肩膀
养育了一方土地
但历史的狂风暴雨
却打不垮她摇摇欲坠的身影
她总是逆流而上
书写着辉煌的奇迹
一切都阻止不了她的步伐
都阻止不了她远去的步伐
她雍容的身姿

如此令人着迷
而又如此无力

（八）
到底是什么让我如此沉醉
是伫立在严寒中的身影
还是那稍纵即逝的欢愉
我日日对月呼唤
又恐深夜透彻心扉的凉寒
可是
这个夜晚太沉　太长
安静的让人遗忘了自己
忘了自己原来还有呼吸

偷偷掩埋了过去的自己
也将昨晚的月光一并遮去
有些已不再拥有
那么得学会勇敢地放弃
而我又沉醉于什么
还是贪恋那个已经冰凉的拥抱

每当忆起
却又痛苦地想要逃避
逃开时光的束缚

去个无忧无虑的天地
那里只有我和你

到底是什么让我如此沉醉
是傲立在巅峰的面容
还是那梦幻虚无的爱情
我日日对花低喃
又恐清晨还未拂去的湿意
可是
这个白日太孤　太清
寂寥得让人觉得只剩下自己
忘记这个世界还是缤纷
其实
我们还是害怕孤寂

悄悄地收起曾经的欢笑
也将明日的幸福一并藏起
有些就在眼前
所以得学会努力争取
而我又沉醉于什么
还是向往那不再柔软的双手

每当忆起
却又开始变得淡然

虽然无法挣脱岁月
但我还是可以
让它留下属于我的印记

（九）

那天的夜晚透着冰凉的温度
猫儿睡着的地方
开满了鲜红的花
它们凋零成黑色
充斥着空虚的黑暗
在寒风中无力地呼啸
寻找着遥远的归宿
夜晚的大地冰凉
深深的惶恐绕梁
猫儿的睡颜
谱成了一首凄凉的歌
在梦中开了花
是娇艳的曼珠沙华
而灵魂
又是怎样无助
来陪伴叫人疯狂的孤寂
那片大地上写满了忧伤
让我无法遗忘
将怜悯带上

去祭奠那个冰凉的晚上
也许
家就在前方
那个太阳的方向

而我
又该拿什么去看待生命
拿什么去抚慰已逝的灵魂
那恐惧
已将我紧紧包裹
又该怎样去面对那已谢的花

（十）
我用泪水来冲洗悲伤
沾湿了早晨的雨露
生活又有什么可以奢望
站在风里
深深地凝望
冬日凋零的最后一片枯叶
与地上的那片是否一样
也许
还有另一个我
活在这世上
她是否一样

用泪水沾湿雨露
来冲洗悲伤
我又是那样地渴望
只因
日日与孤独起舞
是那样的寂寞无奈
是那样地令人感伤

（十一）
我在萧瑟的冬日里凌乱起舞
直至忘记了自己
忘记了世界
享受站在空白之处的空洞
和群山之巅的虚无
我努力抚平心中的狂躁
在起伏中寻找安宁
又是谁
站在世界的尽头
殷切地把我呼唤
搅乱一潭清泉

我在寻找一个宁静的地方
让我融入那片静谧之中
听听青山沉重的呼吸

听听山河尖锐的咆哮
也许
我心中也有
青山　江河
它们没有那么磅礴
也许
是它们住在我的心里
也许
是我住在他们的绿色里

（十二）

我抓住了
你转身时的迟疑
却抓不住
你决然离去的背影

可知
我站在孤单的海岸线
呼唤寂寥
可知我用冬天
来概括整个四季

只因
生命还在计算着时间

（十三）

我在自己描摹的痛苦里
走走停停
像一只倦怠的鸟儿
无力而又挣扎着
扑打着翅膀
总是逃脱不了
那片天空
那片广阔的牢笼

（十四）

我总是同自己过不去
像个别扭的小孩
与长大过不去
也许
他还心存希望
看到自己长大的样子
但时光的捉弄
让他
同我一样
害怕未来
我总是同自己过不去
像个别扭的小孩
与幼稚过不去

也许
他还洋洋得意
变得沉稳令长辈满意
但时光的挑衅
让他
同我一样
害怕知晓太多

我总是同自己过不去
伤害了自己
伤害了别人
摔了无数次的我
已经伤痕累累
已经疲惫不堪
忘记了如何流泪
学会了嘶声怒号

太累了
走得太累了
我只想
好好地
好好地
睡上一觉
或许醒来时

一切都不同了
又或许
再也不想醒来

（十五）

我爱这个世界
我也很想死去
它给了我很多
它也夺走了很多
有欢乐
也有悲伤
有幸福
也有痛苦
时而送给我惊喜
时而将我推入深渊
会给予我希望
也会把我逼得绝望

我爱这个世界
我也很想死去
想活得精彩
又想活得平静
一切的一切
犹豫着什么

矛盾着什么
只是因为
想得到太多
却也恨它
收获甚少

（十六）
我站在这边
瞭望着那边的世界
于是
我便看清了所有人
却独独
遗落了自己
在夜空下
无法再找到那个我

后来
我站在那边
瞭望着这边的世界
于是
我便看清了自己
却无法
注意所有人
在阳光下

也无法找到那个我

迷茫的人儿仍在
迷茫

远去的鸟儿
却不知
可否再次归来

就让我
随那鸟儿一起
随那鸟儿一起
飞往
飞往那未知的天空
飞往那自由的
海洋

（十七）
希望可以携一缕阳光
伴着几丝草香
和着书的芬芳
来探望你
带来惊喜
用蓬勃的姿态

拥抱你　　　　　　　　我
相互依偎　　　　　　　还是我
相互温暖　　　　　　　只是
　　　　　　　　　　　心中多出了不一样的

有了你　　　　　　　　感受
便有了阳光
有了你　　　　　　　　可以找到那条小路
便有了草香　　　　　　然后悄悄地
有了你　　　　　　　　悄悄地
便有了书的芬芳　　　　随雨
有了你　　　　　　　　降落
便可以积极地微笑向阳　用雨的目光
　　　　　　　　　　　去打量世界

（十八）
可以找到那个入口　　　用雨的目光
然后悄悄地　　　　　　去期待花开
悄悄地　　　　　　　　然后
随风　　　　　　　　　我
飘过　　　　　　　　　还是我
用风的节奏　　　　　　只是
去聆听世界　　　　　　生活
用风的节奏　　　　　　绽放出不一样的
去期待花开　　　　　　色彩
然后

（十九）

明日

我用我的期待

去选择

选择未来

奔向你

奔向那个伫立已久的

你

从此

我们便不再迷茫

从此

我们便踏在路上

没有利刃

没有铠甲

我们用血肉之躯

披荆斩棘

而灵魂

我们伟大的灵魂

在孜孜不倦地

诠释着永恒

（二十）

我们把青涩刻在青春里

用时光来督促它们

用张扬来衬托它们

用叛逆来书写它们

脚印会被岁月淹没

我们追求的真理

我们追求的公平

我们追求的善良

和信仰一并坍塌

在风的狂号中

呼救是那样的令人

绝望

我们用长大的代价

来接受这个世界

世界用它的嘲笑

拒绝我们的长大

于是

我们痛苦地成长

把青春埋在土里

用根须触摸深处的土地

寻求安慰

深沉地快乐着

沉重地生活着

这便是成长

我们的成长
是错综复杂

（二十一）

山川的瑰丽
衬托着我们
第一次的相遇
像花儿摇摆时
那样地
安静
而又美丽
默默地把这一幅画面
放在手心里
于是
便可以随时地思念
我呼唤
最遥远的那颗星星
就好像
呼唤着你
你是否
将我记挂在心里
你是否

和我一样
也在思念

（二十二）

我想丢掉自己
就像丢掉
昨天
今天
明天
想远远地避开
就像避开
家庭
生活
世界
从此
我便拾回自由和快乐
但迎接我的
却是永恒的
悲凉和空白

（二十三）

多想　在今年
埋下彼岸花的种子
来年

收获满满的回忆
与悲伤
然后
只余我
在灰暗中彷徨
彷徨着
寻找来时的方向

多想　在今年
埋下彼岸花的种子
来年
收获满满的回忆
与悲伤
于是
只余我
在灼红中游荡
游荡着
摸索未来的天堂

多想　在今年
埋下彼岸花的种子
捧着它
捧着回忆与悲伤
让过去为明天铺路

让自己
学会遗忘
将收获的回忆与悲伤
抛向曾经
转身
转身便重新起航

（二十四）

我亲手
把信仰击垮
世界开始
坍塌
我亲手
把底线打破
自己开始
坠落
我还是那个我
但好像又不是
那个我
似乎
回到了原点
看似
是个原点

（二十五）

是否　来这浮华的世间

太久

是否　沉醉在滚滚的红尘

太久

那远方的呼唤

一声声　一声声

急切　悲伤

是玩太久了

是玩太久了吧

是时候

从哪里来

回哪里去了吧

可为何

那般地留恋

为何

那般地悲痛欲绝

泪流满面

是否　来这浮华的世间

太久

是否　沉醉在滚滚的红尘

太久

那远方的呼唤

一声声　一声声

孤独　哀伤

是放纵太久了

是放纵太久了吧

是时候

从哪里来

回哪里去了吧

可为何

那般地无奈

为何

那般地思念

为何

那般地肝肠寸断

累了吗

或许真的是累了吧

那心与坟墓的距离

是前世与今生的距离

是今生与来世的距离

是我与你的距离

是那样地希望

那样地希望

希望可以玩得久一点

虽然已经累了

累了又如何
迟早我们会站在原点

笑着与一生告别
即使　再漫长的岁月
也稍纵即逝
即使　那声声呼唤
从未断绝
我们一直在路上
终点
也就是原点
其实
我们就在那里
从未改变

呓　语

呓 语

（一）

思念清晨那一缕
遗落在窗台上的阳光
直温暖到心窝里
可指尖触及的冰凉
令人不寒而栗
似乎向往
那群山之巅的神秘
但只能在你微笑中
沉溺

而远处高傲的孔雀
传来一声声凝噎
原本晶亮的眼
在日夜的企盼中
变得呆滞而又空洞
而它永远朝着远方
而远方
是一片不再清澈的
高空

（二）

我愿为心中的那个向往
归隐

归隐到森林中去
归隐到幽谷里去
去欣赏鸟儿的欢悦
去聆听花儿的细语
去陪伴调皮的雨滴
去祝福腼腆的彩虹

也许
我可以掬一泓清澈的泉水
来洗涤眼中的污垢
也许
我可以爬上那群山之巅
与孤独的雪莲诉说衷肠
可是　可是
今日　今日的我
又身处在何方

（三）

我不曾向往明日
只因今日无欲无求
我不曾憧憬未来
只因如今无喜无悲
我们不愿看清真实的自己
便把镜子击碎

若我们不愿看清人生呢
岂不是要把生活来欺骗

为何
只将自己锁在这一方土地
是害怕　是自卑
还是对自己的放纵
放纵自己
在温暖的怀抱中
不愿挣脱
不是不是不是
我听见了
你在风中尖锐地怒吼
你在风中痛苦地摇曳
罢了罢了罢了
战胜不了自己的人
又能拿什么来战胜明天

（四）
带着恍惚的喜悦
看着周围的一切
梦里梦外
你还是那样
像一只凤凰

神秘而又令人痴狂
为你深深地痴狂

有的人
为你不顾一切
付出了什么　而又得到了什么
你只是　永远展现那一抹
迷人的微笑

啊　自由
你是如此的曼妙
却像秋叶
凋零在人的心中
在微风中轻舞
我也只能留下
一声悠长的叹息
你责怪我
为何不把你拥入怀中
我拉着生活的手
不敢回头

（五）
来吧
让我拥你入怀

来吧
听听那欺骗无数鸳侣的
海誓山盟
呵
请别生气
那本就是美丽的谎言

山川再怎么变
也不会变成倜傥的少年
大海再怎么变
也不会变成美丽的少女

来吧
来尝尝岁月的滋味
最后
所有的味都可以在他的调配下
淡化
来吧
来看看岁月是怎么样的模样
最后
他把所有美好的事物都覆上了
他的印记
从此便再也挥之不去

（六）

我已经把青春消耗殆尽
而今后
又该拿什么
来消耗余生

我已把握不住童年
或许
它可以迟走几年
那生活的风景
卷走一颗颗脆弱的心

我至今
都无法让自己坚强起来
我看不懂人的眼睛
就好像
我看不懂人心
就让昨天的都过去吧
花儿不会一直香到下一个明天
就好比青春不会永远
陪伴在人们身边
而明日　明日
又将会扬帆起航
朝向那未知的未来

可惜
天还未亮

我已经把青春消耗殆尽
而今后
又该拿什么
来消耗余生

（七）
请让我住进你的心里吧
只为
来年春燕衔泥时
可以同你一起
去触摸那份感动
轻扣莫名的弦
令一切都安心
沉静在梦乡
呢喃　像个孩子
没有忧虑
还盼望着明日
还读不懂夕阳的悲伤
闻着甘草的芬芳
便会欣喜　手舞足蹈
我会静静地

躲在角落
悄悄地笑
默默地哭
只怕你
在秋风里
会将我丢弃
你已经恐惧着未来
你已经看清了落叶的因果
那时的世界

将变得如何黯淡
再也无法照进
温暖的晨光
你烦躁　你不安

你愤怒　你疯狂
一切都被繁华遮掩
慢慢渗入
是窒息的痛
但是
如果没有了我
你还可以看见那只春燕吗
它归来
书写了多少思念和期盼

那点点滴滴的希望
终会汇聚成河
哺育一方土地
来年的春天
又是怎样的热闹
富有生机
也许　我无法看见
但明日仍旧会上演

它不知疲倦
不知疲倦地翻过
一页又一页
只希望
在来年春天之际
你仍会记起我
曾经被你丢弃过的孤单
陪你走过了多少岁月

（八）
别把我从你的记忆中抹去
那样
我会感到不安
即使万物长眠于地下
但它们

也逃不过轮回的佛报
所以
别把我从你的记忆中抹去
来和我
一同倾听大地的声音
一同捕获高空的目光
一同来享受轮回
来品尝轮回带来的
千变万化的世界

夜莺仍在夜里高歌
但那只站在枝头的
已不是昔日的那只

别把我从你的记忆中抹去
那样
我会感到不安
即使昨天的花已经凋谢
但它们
也会有再次开放的季节
所以
别把我从你的记忆中抹去
来和我
一同在岁月里游走
一同在历史里穿梭

一同享受轮回因果
回味轮回带来的
千变万化的世界
云朵仍在那里游荡
但那片镶嵌在蓝天的
云朵
已不是昔日的那片

生命逃不过轮回
就像你
逃不出我的心

眠　过

眠　过

（一）
我们拥抱着彼此的悲伤
触及了一手冰凉
在漆黑的大海中央放声歌唱
夜未央
望着天鹅飞过的方向
被月光浸透
是苍白的美丽　华丽的伤
我捧着微碎的阳光
于是便爱上第一朵盛开在
冬日的花
但是
请别留我一人在
恐惧中徘徊
我会害怕

我喜爱穿梭在
岁月的走廊里
那里开满了花
在绽放与枯萎之间不停地变幻
便谱成了一首仓促的
生命之歌

我希望

在明天到来的时候

我还是我
还会向往阳光
但犯下的错
逼着我不敢回头

我们拥抱着彼此的悲伤
触及了一手冰凉
在昏暗的丛林里低声哀号
仍是无法遗忘
我捧起散落在湖中的星星
却无法留住它们
而早晨第一颗露珠落下时的
呻吟
令人不寒而栗

漫步在无际的原野
怎么也找不到那朵
只属于我的玫瑰花
但是
请别留我一个人在
恐惧中游走
我会害怕

我喜爱穿梭在
别人的悲伤里
在未来与昨天之间不停地更替
我便深深地伤害了自己

看戏剧的人被别人看了
其实我早就都知道
我们一直都在这个故事里
从来未曾脱离

（二）
我捧着亲人的祝福
在自己度过的岁月里
轻轻地漫步
那些匆匆路过的人们
像柳条轻拂的波
一圈又一圈荡漾开去
最终还是隐去了最初的
痕迹
而有些人
却似倒影
永远映在了心底

（三）
我看见了　看见了
小小的手　握着
嫩嫩的叶
紧紧地　紧紧地
好像在执著着什么
执著着什么呢
其实我也不太懂
我不懂儿时那明澈的双瞳
我不懂儿时那甜真的微笑
我不懂儿时那稚幼的话语
只因我已不再拥有

风，不曾来过

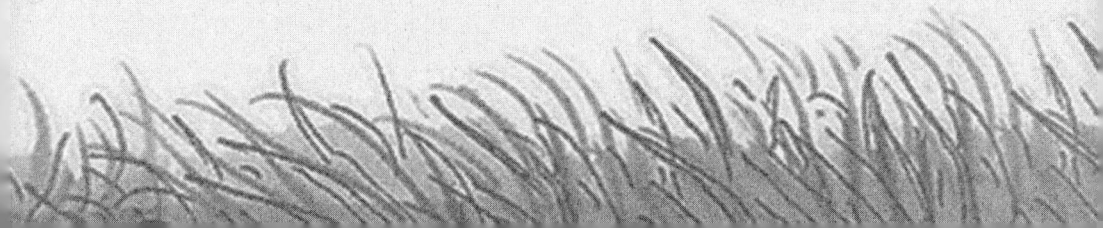

潮 汐

黄昏的云
海中的鱼
沙滩上的脚印
被潮汐吞并

黄昏的云
海中的鱼
我扑向阳光
影子拉得很长
数着美丽的贝壳
可惜
找不到生命的迹象
放在耳边
那潮汐声
如孩子们的笑声

黄昏的云
海中的鱼
快乐向前走
永远不回头
虽然也会被浪扑倒
但也总有退潮的时候
相信我
海也会有尽头

伤不起

你的泪
已流进我心里
不是没想过
陪你走完这条路
只是懦弱的我
分不清
永远在哪里
不敢
轻易承诺

你的泪
流进我心里
不是没想过
拥着你在自己怀中
只是
胆小的我
放不开
瘦弱的肩膀
转身
无奈走过

不是没想过
只是伤不起
打碎
一地的心
不是没想
伤不起的感情
不能再当做儿戏

我们仍站在原地
只是隔了一层怯懦的墙

14路的天空

14岁那年

我等着一班14路的公交车

高大的梧桐树

洒下斑驳的树影

天空很美丽

还有那辆红色的脚踏车

一切要继续

我等来了14路公交车

14岁那年

我等来了14路公交车

去天堂

看望爷爷

路上

跌回人间

爷爷的笑

还停留在我11岁的那一年

14岁那年

岁月

如溪水般从我身边流过

梦在那年开始

在那年结束

我等待

一片属于我的天空

栀子花开

初夏的午后
充满香味的花园
栀子花开得正欢
洁白的花瓣
如少女吹弹可破的皮肤
浸透着美丽的羞涩
初夏的午后
我漫步在林荫大道
飘来的花香
抚平了我微皱的眉头
是那样的清新
风儿捎来
栀子花的嬉笑
初夏的午后
栀子花开
是那么的灿烂
花香勾住了路人的脚步
仅仅是那一刹
我发现
如栀子花般
美丽的微笑

心灵上的膜拜

宁静　如水
露珠滑过绿叶
溅出一片彩虹
握住的双手
我
祈求上苍
平和是美
花瓣飘落在泥土上
发出几声叹息
落寞的背影
我
祈求上苍
空远是静
嫩芽洁净的脸庞
是新生的点装
柔和的侧脸
我
祈求上苍
真实是幻
云朵映照着蓝天
抽出凄凉的梦境
炽热的目光

我
祈求上苍
忘记某些时候的你
某些时候的我
我祈求上苍
给我机会
去遗忘
世间数不尽的哀伤
我
祈求上苍
请告诉我
何时才到天亮

悲伤回忆录

（一）
月亮落了
树叶一般
落在了湖上
飘啊飘
仍然是那样地洁白
却弥漫着清凉的美

我如黄叶一般
零落在湖面上
随着那
落下的月亮
飘啊飘
飘啊飘
哼着陈旧的童谣
扑来一股时光的味道

墨般的天空
像无底的黑洞
朝我们张牙舞爪
伴随着几亿年前的星星
静静地在湖水上
飘啊飘
飘啊飘

只留下
雪花般冰凉的伤

（二）
看着你微笑的脸
我留下了辛酸的泪
在时空的另一端
你我再次相见
等了几千年
我只学习说一个字
爱
看着你的笑脸
我们流下了辛酸的泪
也许再等上几千年
我也说不出那个字
世间太沧桑
我已不信仍存真爱
在时空的这一端
我们错过了相交的点
从此越来越远

看着你的笑脸
我留下辛酸的泪
我给自己一个位置

一个小丑的位置
只为衬托你绝世的容颜
我为自己抹上了笑脸
只为发现你面具下苍白的脸

啊
在前世今生的路途上
你我隔得太遥远

（三）
我寻找那一株血梅
来填充你空洞的心
使你可以听见自己的心跳
然后期待着
你拥抱着我的时候
可以听见
咚咚咚咚

我寻找那一株血梅
来填充你空洞的心
然后
开心地发现
有你的地方
便充满了梅香

我寻找那一株血梅
来填充你空洞的心
让你可以拥有鲜红的血液
这样
你握紧我的时候
可以感受到你炽热的温度

可最后　我懊恼地发现
我填补了你空洞的心
可拿什么填补
你那无神的双眸

（四）
别笑了
都笑出眼泪了
为什么流不出泪
因为笑多了

别哭了
都哭得笑出来了
为什么哭不出
因为笑多了

别撑了

你又不是雨伞
为什么总干着自己不喜欢的事
可干久了
却又忘了
自己原来想做什么
把面具放下来吧
戴久了
连原来的自己都忘了

从僵硬的躯壳中
放飞你的灵魂吧
它一直渴望自由
只是你自己从来
没有留意过

哭 墙

霜染冬日的早晨　　　　　　悔太晚
潇潇冬雨　　　　　　　　　肝肠寸断
如丝如缕　　　　　　　　　尝尽人间苦
浸润着那　　　　　　　　　方知
布满时光的白墙　　　　　　时光夺走了
似是有心　　　　　　　　　无数宝贵之物
将那悲怆之诗铭刻在墙　　　空悲切
如梦如幻　　　　　　　　　独自神伤
独行在这虚浮世间　　　　　泪流满面
不知春来冬去　　　　　　　充满恍惚的恐惧
花开叶落　　　　　　　　　依偎在墙边
若记那堵墙　　　　　　　　轰然倒塌
　　　　　　　　　　　　　那便是青春的坟墓
人未改　　　　　　　　　　我梦想着永远
心已变　　　　　　　　　　抚摸那堵墙
物是人非　　　　　　　　　绿叶青葱
变化的是人心　　　　　　　却浸着混浊的泪
不变的是那逝去的曾经　　　永远有多远
独留那孤独的墙　　　　　　人生就有多远
孑然凄凉

已了悟
有些物
不可挽回

追 忆

我追逐在回忆的河流中
无法自拔
握在手中的笔
迟迟　迟迟
不肯落下
那已泛白的关节
衬托着那张
沉静的脸

是哪一场雨
冲洗了悲伤
是谁站在远处
为我低声吟唱

家乡
哦　如此遥远的家乡
那湿漉的小巷
那青葱的苔藓
随着时光的步伐
如水的步伐
渐渐地淡去
渐渐地淡去
是哪一场雨
冲洗了悲伤

是谁站在远处
为我低声吟唱

我追逐在回忆的河流中
无法自拔
皱紧的眉头
迟迟　迟迟
不肯舒展
那已泛黄的纸张
满满地记着
曾经的时光

远方
噢　远方的游子们
那浮沉的繁华
那璀璨的喧嚣
是否紧紧牵动着你的心
回忆
试着去回忆吧
儿时门口的小草　窗前的花
还在那里
永恒地刻在你心里

伤 害

——致最爱的妈妈

（一）

当我深深伤害你的时候

请记住

我依然爱你

我用大海的狂风暴雨

将自己淹没

我用震撼天地的电闪雷鸣

将自己拷打

祈求

你一点点的原谅

一点点的安慰

和一点点的希望

你流淌着

滚热的眼泪

我会一颗颗地含在心里

它的苦涩　失望　痛恨　恼怒

和悲伤

我将一一品尝

我懂得

这伤害的背后

是无尽的期望

是你一生的赌注

也是我

奋力前进的方向

当我深深伤害你的时候

请记住

我依然爱你

（二）

当你深深伤害我的时候

我会记住

你依然爱我

尽管

眼中的愤怒与不甘

掩盖住了深处的那一层悲伤

但我

看出了你的疲惫

你的迷茫

我们都是迷路的孩子

在生活中迷了路

你镇定地拉着我

毅然走向那正确的

却未知的未来

是那样地肯定

又是那样地让人心酸

当你伤害我的时候
我依然记得
你怀中的馨香
我依然记得
你年轻时候的模样
我依然记得
你那么地爱我

献给我的青春年华
当你深深伤害我的时候
我会记住
你依然爱我
其实
我们的爱
从未变过

开往哪里的火车

我在等一辆火车
一辆迷路的火车
它对我说
它的终点在天堂
可是天堂的路太黑
所以它迷失了方向
我说
我也要去天堂
但失去双眼的我
无法看到去天堂的路
它沉默了
随后又愉快地对我说
它去找路
找到了路再回来接我
漫长的岁月里
我等啊等啊
等得忘记了时间有多长
我终于找到这辆火车
它说
我要开往哪里

流年散

夏日的午后
我喂饱了我的猫
走在无人的街头
穿过老街
走进小巷
过去的时光犹如就在眼前
可后来
小巷没了
老街变宽了
过去的时光像那废墟一般轰然
倒下
累了　困了
没有一处房檐可以停歇
渴了　冷了
曾经的人已步入天堂
我寻找
那曾经陪我嬉戏的猫
找到的是永恒的寂寥
散了　走了　哭了　睡了
我还是我　只是变了

浮士德

（一）

昨天的妆
昨天的裳
那里的我
不知道梦在何方
心中的恶魔
赶走正义的天使
我是否
还是曾经那个我
昨天的喜
昨天的忧
几缕辛酸
几分甜蜜
长大后的我
悄悄地问儿时的自己
你是否
还相信童话

（二）

高楼中的高楼
窗户中的窗户
愚蠢的人跳不出
给自己画的圈
我望着
给自己戴上面具的人
替他们感到忧伤
其实
我们自己也做不回
真正的自己
看着镜中的自己
它对我说
我比你还真实

（三）

我的影子对我说
我才是你真正的朋友
我不信
于是我继续向前走
商人说
如果你有足够的钱
我就是你朋友
官员说
如果你有足够的权
我就是你朋友
美女说
如果你有足够的帅
我就是你朋友
帅哥说
如果你有足够的美
我就是你朋友
于是我对自己的影子说
来
我们做好朋友

（四）

深夜
城市安睡
没有星星的夜空
月亮也不为人指路
漆黑的商场
无人的空巷
寂寞的游乐场
消失的繁华
只留下猫在哽咽
如果有一个天使
问你家在哪里
你就告诉他
家在心里

彼岸花

（一）

相爱的人啊
却只能分离
没有鹊桥的怜惜
没有片刻的甜蜜
那如荼似火的爱情
烧毁了相爱人的心
那样赤裸的悲情
却仍决心进行到底
花开不见叶
叶生不见花
有缘无分
只能叹息命运
擦肩而过
却只能在下一秒惋惜
怎么竟与至爱失之交臂
就在身旁
却碰不到
就在身旁
却吻不得
彼岸花啊
相爱的人
却只能在两岸
遥遥相望
怪只怪啊
错开了季节

（二）

风儿吹来的种子
在河边开了花
那样地红
是那样地红
映红了你惨白的脸庞
映红了苍凉的天空
美丽而鲜红的彼岸花啊
开在冥河边
抚慰安息的灵魂
美丽而鲜红的彼岸花啊
你那充满悲伤的回忆
是那样的令人揪心
火红的玫瑰
浸满了甜蜜的浪漫
彼岸花啊
却只能嗅到死亡的气息
但我仍那样喜欢着你
因为你曾经有过一颗
充满爱的心
虽然仍有遗憾
但爱过
痛过
就不会后悔

云 飘

你漂浮的灵魂
在空中小心地舞动
云儿轻巧撩动你的发丝
你让我看见天梯
直通云霄
这是通往天堂的路吗？
会不会有美丽的天使
漂浮的云儿勾走了我的美梦
时间神偷
却永远偷不走美好的记忆
我随着漂浮的云儿
进入梦乡
想象属于我的天堂

云 赋

那些日子
掺杂了最黑暗的记忆
繁华的城市
陌生的脸庞
虽然那一年的我
不懂什么叫悲伤
疲惫的脸
疲惫的笑
抽走一缕缕的苍凉
我曾在那夜抽泣
想念那永恒的笑脸
可如今已永远
阴阳相隔
那些日子
夜空中
小巷里
疯狂的海风
我仍记得
还有那两条雪白的狗
像雪一样
落在了记忆的深处
一会儿
便融化了

冰凉的快乐
那些日子
那一扇窗
一扇可以容下蓝天白云的窗
夜晚
天空是红的
云是白的
月亮却不知躲在哪里
那变幻的云
如此之快
带着飞往的梦想
那些云
虽不是那样洁白
却那样真实
飘进我
年幼无知的心里

思 乡

夜夜传来
家乡的气息
芳香扑鼻
撩动我细腻的思绪
关于家乡的记忆
像茉莉一样
是那样的清新
狭窄的小巷
终年不见日光的台阶旁
已留下苔藓的身影
一户户人家里
一张张老人的脸
记载着这老街小巷的历史
还有那诱人的小吃
是哪儿也比不过的
每一口都装满了童年的味道
那儿时懵懂无知的微笑
也许早洒满了每一家小店
还有那温暖的双手
如今已成为冰凉的回忆

浮 生

离离合合
世间欢喜与悲歌
风风火火
受尽讥讽与嘲笑
一杯浮生茶
含尽世间苦
一切的一切
还如儿时那样快乐吗
洒尽泪水的路上
回头间
拥有宝贵的回忆
便是
浮生的所获

心似莲花开

空远的钟声
叩击着
发出寥寥的余音
我漫步在
崎岖的山道
似雾般的云朵
缭绕在脚边
山边
是阳光折射出的佛光
恍如仙境
空远的钟声
叩击着
发出寥寥的余音
使那纯洁的灵魂
颤抖
这一生的劫难
已成为死后美好的回忆
可来世的一切
又重新开始

一切
都重新开始
我伴随着钟声
走向那极乐世界

洗去尘间污垢
路旁是盛开的新莲
美丽
而又端庄
我愿像那一朵莲花
盛开在青荷之上
去忘却
浮灰的城市
那灰茫茫的天空
只捧上虔诚的心
一颗纯洁而又
虔诚的心

哥特式悲伤

我悲伤的血液
是回忆里的罂粟花
越美丽　越有毒
我以飞蛾扑火的姿态
寻求爱情
却是辽远的悲伤
我悲伤的血液
是回忆里的罂粟花
我站在小丑的位置
只为
见你颠倒众生的美丽
沉溺其中
在黑暗的角落
独自神伤
我悲伤的血液
是回忆里的罂粟花
流下的血泪
将我日日煎熬
影子里的魅惑
吸血鬼的妖娆
夜夜歌唱
鲜红的血
美丽的花
叹落了一地
哥特式的悲伤

会哭的猫

记忆里
曾有一只猫
灰白毛
金黄瞳
坐在屋檐下笑

记忆里
曾有一只猫
坐在屋檐下笑
是苍白的笑
朝着我
笑得
却比泪
更哀伤

潘　神

你手中的魔笛
是天籁般的声音
守护着羊群
你可曾孤寂

丑陋的身躯
遮不住灵魂的高贵
你手中的魔笛
是天籁般的声音

潘神
你似乎被人们遗忘
牧羊人也许见过你
你永远守候着
该守候的灵魂

匿　迹

荡不出的涟漪
映出我的背影
在阳光下的隐匿
从此
我以另一种方式
隐匿地活着

镜子前
没有我
透明的身体
看不见自己的表情
我漫步在这
喧嚣的土地上
轻轻地
轻轻地
惊不起一只小鸟
吓不飞一只蝴蝶
静静地
以旁观者的姿态
看这泛生世间

真

或笑
或喜
或悲
或愁

别藏
别遮
亦是以纯
便若善美

动心
回眸
清澈明亮
毫无杂念
似雪似梅
真我
难能可贵

心有净土
可分真我
世上皆美
唯真最美

寻 觅

寻寻觅觅
躲躲藏藏
无尽幽巷
失去方向

似是迷茫
却是丢失
心的方向
找心
找向
找寻心的方向

梦语
缭香
沾湿了一夜
清风之香
似是思念
他在别乡

若真
若幻
皆是未果的想象

找寻的方向
没有方向
徘徊
徘徊
等待天亮

爱

用心交织
山盟海誓
如梦忽醒
前途茫茫

败落了一地的枯花
绿肥红瘦
凹陷的双眸
亦是溢满忧伤

前日
碎落了一地的花瓶
割伤了手
鲜红的血
炽热的泪

等待着
岁月的老去
他迷人的笑脸
重现
步入夕阳的她
无奈地闭上了眼
留下了一行
没有温度的泪

孤独的脚印

我
回一回首
你
低了低头
抬了抬双臂
再无力地垂下
想送的花
已凋零在地下
想向前迈一步
却无奈地退缩
我
闭了闭眼
你
张了张口
转身向前走
向前走
我
顿了顿脚
伸了伸手
却再也没能
握紧另一只手
空洞地望着
那一串孤单的脚印
消失在悬崖的尽头

尽　头

我在生命的尽头
等着你
来牵我的手
从此
生命倒着前进
我们在岁月的磨炼中
回到曾经
一切都回到原点
那个不存在的零

我在生命的尽头
等着你
来牵我的手
从此
时间在这定格
我们在岁月的长河中
寻找幸福
一切都静在那一刹
快乐在曼妙地笑

我站在尽头
等着你
陪我迈进永恒

犹 豫

我一直是
曾经犹豫的人
犹豫着
是否应该
在拐角处遇见你
犹豫着
是否应该
牵着你的手
与你偕老

我一直是
曾经犹豫的人
犹豫着
是否应该
注视着你
犹豫着
是否应该
走向那个怯懦的自己
心墙
是永远无法打开的门

而我
只能站在曾经犹豫的地方
犹豫着　犹豫着

时光偷走了昔日的繁华
给今天留下了寂寥
泪流满面
叹时光匆匆
我仍然是
站在曾经犹豫的地方
所以
我迈向今天
拾起
那洒向遥远未来的
而又卑微的
幸福

烟·魂

刚离开身体的孤魂
带着恍恍惚惚的伤心
向阳光飘去
亲人的哭啼缭绕在耳边
挥之不去
想念
想念着一切的一切
在花开的季节
在落叶的季节
在那个清幽的午后
在那个虚无的夜晚
纵有千思万绪
也已成为往昔
刚离开身体的孤魂
带着恍恍惚惚的恐惧
向阳光飘去
人生的胶卷铺垫这脚下的路
初恋的人仍站在那里
痴痴地笑
留恋
留恋一切的一切

在浮躁的季节
在萧瑟的季节

在那个清新的早晨
在那个飘渺的傍晚
纵使泪流满面
也已成为往昔
刚离开身体的孤魂
伤心地
恐惧地
向阳光走去
岁月在一瞬间老去

水仙啊

照片里
有一道娇小的　洁白的
身影
仿佛所有的光晕
自那漾开
泛起了涟漪
弥漫的淡香
纠缠在雾里
在雾里
久久地　久久地
在心里
挥之不去
照片里
有一点可爱的　亮丽的
嫩黄
好像所有的阳光
在那聚拢
折射出温暖
缭绕在云里
在云里
久久地　久久地
在眼中
挥之不去
啊

可爱的水仙
可爱的水仙们
我高贵的水仙们
我那纯洁的水仙们
你们　你们
是如此的耀眼
将白展现得如此
如此
淋漓尽致
啊　水仙
我梦中的水仙们
你们绽放时那细小的呢喃
是如此动听
啊　水仙
我美丽的水仙们
我感谢你
感谢你们
仍坚守着心中那一份清纯
为世界　为我们
守护了一片
清明之地
啊
我的水仙

长 生

——赠毛绒玩具

六月的第一声呢喃　　　那耳朵上的花纹

飘荡在慵懒的午后　　　似乎都在

你　　　　　　　　　　发芽

就在那里等着我　　　　结苞

　　　　　　　　　　　开花

等着那双　　　　　　　结果

欣喜的眸　　　　　　　呵

等着那只柔嫩的手　　　听见了吗

等着　等着　　　　　　六月

那醉人的怀抱　　　　　轻风的呢喃

是什么　　　　　　　　哼着古老的歌

让我如此地欢快　　　　带你回家

如此欢快地

发现了你　　　　　　　哦

又是什么　　　　　　　就叫你一声

让我如此急迫　　　　　长生

如此急迫地拥你入怀

你不喜不悲

不喜不悲地依在我的怀里

谁知道

你心里偷着乐呢

米 兔

（一）

看到你

和你的同伴

坐在橱窗里

是在放学后

我放慢了脚步

却不曾回头

我没有理由

没有机会得到你

我只能遗憾地摇摇头

造化弄人

上帝又和我们开了一个玩笑

我得到你

是在一场暴风雨后

你的生日

是我最后一个儿童节

带你回家后

就再也没有人叫我孩子

也不能在儿童节索取礼物

于是

你是上帝送给我的一个礼物

同时也彻底地帮我

剪断了童年的风筝

（二）

如此依赖你

贪念你

夜夜里

有你的陪伴

我不怕黑暗

你修长的身体

是多么适合拥抱

你的重量

像天使落下的一根羽毛

你不美丽

却如此可爱

你没有花哨的裙摆

却有

蒙娜丽莎式的

微笑

蓝色上衣

黑色短裤

粉色围巾

让我为你性别犯了愁

你圆圆的小眼

看着我

是那样地无辜

（三）

爱丽丝跟着兔子
进入了奇妙世界
你没有夹克
也没有怀表
但你也是穿了衣服的兔子
于是
每夜我抱着你
想星星
寄托了
我多少梦想

（四）

虽然
第二天醒来
你还是你
只是越来越旧
但我依然是那么
那么
喜欢着你

幽梦缭香

恰似
不经意地
来到你梦里
又恰似
无心地
住进你心里
想知晓
是何物　又是何物
捧起
你那桃花般的
脸庞
是何物　又是何物
隐没
你那黑夜般的
瞳仁
恰似
不经意地
在你窗前的留恋
又恰似
无心地
依偎在你身边

可知
可知我昨夜化作一缕幽香
勾你入梦
了悟吧
忘了吧
一切浮沉往事悠悠
一切虚浮回忆悠悠
只叫人肝肠寸断
却无奈义无反顾
只愿
一切化为一场幽梦
一场恬静的幽梦
让昨天沉淀
让未来遗忘
当你再次睁开眼
岁月就在那里
守候着你

百合之秋

——送给新居百合公寓

是那样娇怯羞涩的步伐

带着纯粹的清凉

躲在这千万绿叶间

完成了金黄的褪变

伴着人们的脚印

来一曲激情荡漾的合唱

和着潺潺的细雨

滋润这布满灰尘的世界

是那么美的秋天

多么美啊

百合之秋

送给了我一个安宁的天堂

送给了我一个做梦的地方

那木头的桌椅上

有金叶的吻痕

那裸露的地面

如今也披上衣裳

是如此骄傲又耀眼的颜色

金黄

她是那样地小心谨慎

又是那样冷漠随意

仿佛是在欣赏自己的艺术

百合之秋

百合之秋

你让宁静住进我心

却带走了郁结已久的淡愁

你让我爱上了生活

却带走了我眉间缠绕已深的纹

我由衷地向你赞美

百合之秋

无 心

可曾
忘记过那
清风拂面的夜晚
彼此
夹杂着憧憬
与无奈
在悄悄地长大
悄悄地
带着未知的惶恐
在长大
庄周梦蝶
一梦
走过了多少春秋
一梦
惊醒了多少愿望
我愿站在生命的远处
静静地观望
观望
他人的喜怒哀乐
可冥冥之中
却不得不卷入
骇人的漩涡

可曾　可曾

忘记过
走过的路
可曾　可曾
忘记过
那美丽而又动人的
却是无心栽下的花

朝思暮

梦经过的地方
总是会落下
心碎的呢喃
是风
轻轻地飘过
拾起了
凋零的枯叶
是昔日的那张脸
是曾经那亮丽的笑靥
已深深　深深地
记在某个地方
记在了
某个地方
又如一汪清泉
溢满了玉壶
稍稍不慎
便会泪流满面
落进
无心的海

总是会落下
无奈的呻吟
是雨
悄悄地来过

冲洗了
憔悴的蝴蝶
是昔日的那双手
是曾经那仓促的温度
已深深　深深地
刻在了某个地方
又如一颗流星
划过了夜空
稍稍不慎
便会错过那份美好
失望
跌入了深渊

思念思念
动人的思念
遗落在指尖
仅仅　仅仅是想
再次触摸你的脸
仅仅　仅仅是想
知道
你的身体是否依然
那样冰凉

我将双耳
贴进土壤
仅仅　仅仅是想
再次听到你那令人安静的心跳

可你　可你却
在我指缝中悄悄地溜走
朝着那朝阳
又思念着日暮
但我那份想念
又岂在朝朝暮暮

就此　别过
平安　就好

莫须有

嘘
听　是谁在这宁静的夜晚
哀恸地哭泣
是那娇嫩的容颜
为那短暂的芳心
哭红了眼
也为
抓不住那留恋的眼
而伤心地摇曳
又有谁愿意
敛起曾经悲伤的心
沉长的事

如果还有心
请回头
回头看看那心碎的花
只为莫须有的凄凉
送上温暖的怀抱
梦的香　茶的芳
和那一页页的结局
画个
画个完美的弧吧
从此便
便不再思念

听
是谁在这明媚的日光下
清脆地笑
是那无名的甘草
为那柔和的阳光
弯起了嘴角
也为
坐在草地上的人们
而幸福地弯腰
又有谁愿意
打碎这份美好美丽的心

如果还有情
请招手
招手告别那坚韧的草
只为莫须有的欢乐
跌入无尽的深渊
风的媚　露的甜
和那一次次的开始
画个
画个完美的弧吧
从此便
便不再遗忘

莫须有的情
莫须有的意
在春意盎然的午后
在秋风萧瑟的夜晚
将悲伤放在手心
将欢乐放在眼中
从此
握紧的手　弯了的眸
把难过收进心里
把幸福洒向高空

路灯没有经过的路

随着
黑夜吞噬了白日
城市里
却依然光亮如昼
只因为
那一柱柱挺直了身子的
路灯
努力地撑起
自己的一片光亮
驱赶了
黑暗中的慌张
给人们
以莫名的心安

可黑暗
总是躲在某个角落
即使有光明的驱赶
它仍安静地　安静地
躲在某处
窥探着你
当你因陷入漆黑而
无所适从时
它便捂着嘴
笑弯了腰

一阵风掠过
那是它调皮的
步伐

黑暗
它隐蔽在各个角落
在各个
路灯没有经过的角落
它伺机
嘲笑
嘲笑你
狼狈地怯懦
嘲笑你
一闪而过的不堪
嘲笑着人的
野蛮　贪婪

终了
有人与黑暗共舞
有人却投入路灯的怀抱

缺

只是缺少了
一个你
一个我
一个开端
和一个结局

眼　泪

你是否看见
那带泪的微光
是深深的愤怒与不甘
和一个伤心的
心脏

想　你

日子向前
迈着大踏步
我随着它
一路颠簸
一个人久了
便累了
一个人久了
便学会孤单了
一个人久了
便开始
想你了

红　豆

谁丢了一方丝帕
绣着细细长长的思念
独自哀怨
是缠绵悱恻的情节
化作缕缕青烟
谁丢了一幅漆画
摹着点点滴滴的相思
独自抽泣
是浑浑痴痴地追逐
醒来却道一场幻念

过 桥

——写给中考

时光在不停地割着我的心灵　　其实
理智在它的无情中瓦解　　　　我一直想告诉自己
我已站在崩溃的边缘　　　　　不要放弃
凄风怒号　　　　　　　　　　过桥
只独留我一人　　　　　　　　是唯一的希望
在孤军奋战

明日的明日
我将与千军万马并肩
踏上这破败不堪的独木桥
它在风中微摇
它在风中嘲笑
我看见岸的那边金碧辉煌
我听见桥的下边凄凉呜咽
何去何从
让我只想逃离
逃离这疯狂的境界
任它继续疯狂
可惜我身在其中
奇迹总是狡猾地从身边溜走
昔日的希望早已坍塌
胜利的人在桥的那方
他们摇旗呐喊
是那样地张狂

卡布奇诺

最后一个儿童节下午
七点零五分
我喂好我的狗
穿梭在没有微笑的大街
花店旁的小丑
给了我一个大大的微笑
最后一个儿童节下午
七点零五分
黑夜吞没了天空
我走进没有灯光的游乐场
布满灰尘的旋转木马
载着我飞向星空
最后一个儿童节下午
七点零五分
我拿着超大的棒棒糖
坐上没有情侣的摩天轮
隔着玻璃窗
我看见天上有个叫做
天堂的地方

最后一个儿童节下午
七点零五分
我点了一杯卡布奇诺
香气缭绕在指尖
几米的画册
落在75页空白处
仰望45度
是浑浊的天空
请给我一座移动城堡吧
让我到达心中的地方
让我再一次
最后一次
相信童话
最后一个儿童节下午
童年的风筝
断了线
风筝早已飞远
只是我迟迟不肯松手

送给生命

（一）

亲爱的　你好吗
我已在心中
无数次这样的
亲切地
温暖地
问候你
你还好吗

亲爱的　你好吗
我现在的模样
你是否满意
人生送给我的挫折
令我常常不知所措
你又觉得如何

亲爱的　你好吗
你还依然爱着我吗
即便现在的我
狼狈不堪
你也许知道
我还心存幻想
我还相信童话

亲爱的　你好吗
如今的我
也许已经长大
但我不确定
因为害怕
害怕未知的事物
虽然那里充满了诱惑

亲爱的　你好吗
一切都是这样
是否有着它们自己的轨迹
那么我的轨迹呢
你可以告诉我吗
这个世界是否有明天
是否真的有童话
我能顺着自己的轨道
前行吗

亲爱的　你好吗
我很不好
我想缩回妈妈的肚子里去
变得好小
好小

那样
一切都无法再伤害到我啦

亲爱的
你还会
安好吗

在追逐岁月的时候
切莫忘记
有一个终点等着你
这样
也许你可以把一切放下

（二）

在追逐岁月的时候
我们会经常忘记死亡
忘记这个
和活着一样重要的东西
于是
我们仓促地演绎着人生
可是
入戏却太深
陷入自己编织的牢笼中
不知疲倦
当狂风暴雨来临之际
世界就只剩下伤心
就这样执著
如此地执著
执著地寻找人生的方向
便满身伤痕

飞花·溅玉集

红线牵

缘深
缘浅
仅在一念之间
若即
若离
是否就能如愿

相偎
相依
天长便可地久

不离
不弃
相爱如此欢喜

淡然
相视
红线已牵在了心里

红楼之旅

（一）玉生烟

那日
曾风轻云淡
我
泛舟湖上
纷飞的衣袖
灿烂的花
还有那
迷离的脸庞
荡漾的波

那日
我莫名地喜悦
抚琴弄箫
记忆里
那三千青丝
是否已沉睡地下
回忆中
那倾国容颜
是否已变了模样

风萧萧兮雨茫茫
痴情的人还在中央
徘徊在岁月中
不肯离去
徘徊在岁月中
不愿老去
可还是那颗
如玉的心
希望它未曾
经受红尘的洗涤
只愿
让它在青烟里
随潮湿的泥泞
一同老去

（二）镜生花

莫回首　莫回首
让我执起你的手
让我再最后一次
贪恋你的温度
从此　从此
便不再泪流
我淹没在茫茫的人海中
无法寻到你的背影
不甘心
不甘心　不甘心让你
就此回头
我已不是
昨天的我
我将自己扔进
今世的天空
也习惯了寂寞
你就是那镜中的
花
可捞过水中的月
可看过镜中的花
是别样的风华

一种
无法触及的
美丽
它骚动人心中
好奇的种子
发芽
开花
结果
为它迷恋
为它痴狂
它骚动人心中
好奇的种子
只为那无法得到的
浮华

镜生花
只是镜中花
只可惜
不能
招蜂引蝶
继续繁华

飞花集

(一)
假使还有远方
我仍会扬起风帆
去享受浩荡
去呼吸自由
去寻找我们未完成的
梦想
假使
还有远方

(二)
孤独的时候
有影子的陪伴
是那样的温暖
却又那样的无奈
我们互相拥抱
而又彼此安慰

你要相信
孤独的时候
有影子的陪伴
也可以温暖

净心录

（一）

当世间一切浮躁到了
极致
那布满红尘的喧嚣
在心灵的某个地方
开始　沉淀
沉淀出前世今生
沉淀出种种沧桑
还有我们相遇的缘分

（二）

佛的一句话
有的人悟了一生
有的人思了一生
而有的人
却悔了一生

（三）

去杂
静心
了悟
万籁俱寂

（四）

在这个世上走走停停
真正欣赏了几处风景
那窗边的花开得正好
可曾让它映入心里
茶未凉
人未散
曲未停
一切的一切
仿佛一直在开始
又仿佛一直在结束
这是怎样的一种轮回
我想
我需要了悟一生

（五）

是那样平静的一张笑脸
如原野上盛开的雏菊
星星点点
星星点点地铺成了一幅画
一幅单纯的画
我将这微笑收进匣子里
让它
温暖大地

溅 蕊

我愿化作一朵
娇嫩的花
酣睡在你胸前
从此
从此
便把一切遗忘

清风初雨

——看《红楼梦》有感

清风探华帘
佳人倚在床
呓语思秋叶
蛙声伴草香
冷蜡萤轻舞
星织月华裳
香芷知情暖
托梦泄春光

心灵日记

亲爱的，你好吗？

（一）

亲爱的，你好吗？

最近过得怎么样呢？是否开心或是仍在伤心？我真的很想你，恨不得马上飞到你的身边。

告诉你哦，这是我人生中第16个夏天，我的二八年华，我的花季、雨季，花朵都快枯萎了，眼泪倒收获了一大把。

你知道吗？这个16岁的生日让我过得有些茫然，瞧瞧我都干了些什么，瞧瞧一事无成的我，是多么地令人沮丧，就是因为痛恨那深奥的数字吗？

看看我身边的同学们，看看他们，多么优秀，多么优秀！似乎没怎么奋斗过就有那样大的收获。你说，我的心胸是不是太狭窄了，我是不是嫉妒心太强了呀，太懒了呀！

我知道，我都知道，请你不要责怪我，千万不要，妈妈的责怪让我已经抬不起头。

我一直坚信，有痛苦就会有快乐，上苍是公平的。它公平吗？我不知道。

为什么呢？为什么呢？曾经充满信心的我，得到的又是什么，什么呢？让我歇一会儿吧，就一小会儿，我知道今后还有很多痛苦等着我去亲吻它们。我该有多大的勇气去怀着厌恶的心拥抱它们。

数学成绩让我失去了一切，一切啊，一切！我该用什么衡量自己。

一事无成的自己！

你有过类似的经历吗？一个人心如刀绞，不停地，无声地，小声地释放自己，甚至要狠狠地掐自己让自己平静。那时的我，像个丑陋的怪物，令我自己都作呕。

一切都会好吗？

一切都会好吧。

你说，我该怎么做呢？

（二）

亲爱的，你好吗？

你喜欢哭吗？我知道你一伤心就会哭鼻子，一委屈就会哭鼻子，别多解释啦！哭鼻子又有什么大不了呢？你说呢？

以前，也不是很久以前，每晚睡觉前我都会挤出两滴眼泪，也许心中并不是那样悲伤，但只有挤出两滴眼泪才可以安心闭上眼睡觉。

后来，我晚上会不发出声音地呜咽，因为想念故去的亲人，从那时起，我就养成了哭不出声的习惯。

再后来，我便哭不出来了。

说了你可别笑啊，我呢，其实是一个爱哭的女孩，但我却不喜欢在外人面前哭，所以那天我与前面男同学吵架时也没有流下半滴眼泪！怎么样？勇敢吧？虽然我没哭，但另外一个女同学哭了……这让我思考了很久，我是不是也应该哭一下，表现一下女孩该有的弱小？不，我永远也不会这样做的！可是在考试前包括现在这段时间，我忽然觉得很痛苦，你知道吗？我哭不出来了！即使被妈妈骂个不停，我也是哭都哭不出来的感觉，那种仿佛你的情感被掏空，只剩下一具躯壳的感觉，很令人恐惧。

还好，后来在中考前一天晚上我终于哭出来了！

可现在又回到了那个状态。

你知道吗？你可以告诉我为什么吗？我很难受，真的很难受。教我如何哭泣吧。我干涸的眼眶许久未被滋润了。

（三）

亲爱的，你好吗？

看看我的头发，它们多么美丽，那样的长，才养了两年多，我爱它们，但我不爱自己。

有时，我会想，我是不是正如妈妈说的那种颓废，我是不是真的需要心理医生，我想，也许需要吧，我那样地不爱惜自己。

真的不容易，一切都不容易，我想把一切都告诉你，因为我想好好地睡上一觉，睡得天昏地暗，海枯石烂，沧海桑田，斗转星移，也许醒来时，这个世界变了，也许不会变，也许永远不会醒。

你不必为我担心，我会好好的，这一切也就只是说说而已。

说说而已！

有你真好！

（四）

亲爱的，你好吗？

我觉得，人的一生中总会有意外，总会有精彩纷呈的惊喜，然而，你是抱着怎样的态度面对它们呢？也许我并不是很了解自己。但从目前的状态来看，是消极的，是颓废的，我又能如何？

我尝到了人生中第一次失败的滋味，这个滋味怎么说呢？像喝了难喝的饮料，咽下去了，又吐不出来，令人恼火。中考的成绩，掐灭了我最后一丝希望，而现实则掐灭了我最后一丝幻想，残忍吧！这又有什么呢？已经无所谓了，是无所谓了吧，但为什么会觉得痛苦，会觉得难受呢？尽管流不出眼泪，仅仅是鼻子微微地酸了那么一下。

好孩子是什么样的？坏孩子是怎么样的？

妈妈说，学习好，哪怕是做出了这个年纪不该做的一点错事也没关系，她会得到理解，就像那个谁，被妈妈从小打到大，和男生交往，上课被老师逮到玩手机，但一切都像湖面上的波浪，掀起一下就回归平静。还有那个谁谁，行事张扬，喜欢在男生堆里混，崇尚名牌，等等，但都没关系，说穿了她有资本，那就是年级第一的资本！我其实是个穷光蛋，我什么资本也没有，也许妈妈说，这些人即使学习再好，也不能做那些超过学生本分的事。这样听来我心里也许会好受些，但那样讲话，让我无地自容，不过，她说的很多话都可以深深地刺痛我，但痛着痛着也就习惯了，于是装出毫不在意的样子来掩饰心中的苦涩。

妈妈的话太多了，她根本不知道有些话放在心里就好了。

坏孩子不过如此，好孩子做得太累了，当坏孩子又没有资本，那我做个什么样的人呢？

你可以告诉我怎么办吗？

我很需要你的帮助。

（五）

亲爱的，你好吗？

你喜欢音乐吗？我想没有一个人可以抵挡音乐的力量吧，因为即使你排斥音乐，但总会有一首曲子可以令人心情愉悦，一首难听的歌曲可以让人烦躁不安，每当我听到那些低俗歌

曲，我就会变得十分容易愤怒。艺术是没有国界的，艺术可以给人心灵上的洗涤，然而，很多的时候现实是残酷的，一些人的作品不被人理解，就好像一首很好听的歌曲，人们只知道唱的人是谁，却完全不知道作词作曲者，这很令人遗憾，因为一直有这样的观念，一首歌，曲子是灵魂，所以只要曲子好，无论什么样的人，只要他五音全，就可以让人知道这首歌好听。到最后人们只是记住了唱歌的人，而是谁写的歌曲又有谁去关心呢？

我很喜欢张国荣，我很喜欢《霸王别姬》这部电影，我很爱张国荣饰演的程蝶衣这个角色，他在用自己的灵魂诠释这个角色，却又如同旁观者一样观看这一场悲剧。

在我心中，喜剧和悲剧都是人们自己定义的，其实他们并不知道戏里主角真正的想法，就像程蝶衣，死是对他的一种解脱，他已经对未来万念俱灰，坎坷的一生，辉煌过，败落过，一切的一切，看透了，走了，没有遗憾就好了，什么悲剧，什么喜剧，都是后人自大的妄评，与主角无关。

我还接触了这样一部日本电影叫《告白》，整部电影都很压抑，画面都十分阴暗，两个孩子杀了老师的女儿，然而这一切事都错综复杂，令人深思，这部电影似乎也把我阴暗的一面勾到最高潮，什么是对，什么是错，人性到底是什么？我想这些问题没有人可以答出，因为它的答案很多。

现在我想说声对不起，想对自己说声对不起！

你呢？你会把一切都想得很糟糕吗？你像我一样喜欢思考这些阴暗的东西吗？妈妈说我现在变得很颓废，我想，这只是对生活的一种态度，一种不积极、不乐观、不向上、不阳光的态度，因为命运送给我的惊喜，太重，重得我只能疲惫地对待生活。

有些东西，我只能选择放弃，比如说梦想。

还是不放弃？

你能帮我做决定吗？

（六）

亲爱的，你好吗？

你是否也和我一样多愁善感呢？虽然我并不认为这是一个好词，也不认为多愁善感是多么好的一种品质，但人的本性是天生的，不是吗？我们也无法决定自己的性格。

曾经我一直认为我是不拘小节的人，但越长越大后，我会因为自己做过可笑的小事而耿耿于怀，在做什么事之前都会想很多很多，会担忧很多，这种样子让我很烦恼。

有的时候，我们会把未来想得好一点，这样的话未来不就变得更加令人期待了吗？

想来，小学有段时间，我会想想明天有什么值得期待的事情，即便是很小的事情，都可以让我快乐地、安心地、深沉地睡去。那段时间，爷爷奶奶去世，外公去世，我参加了他们的葬礼，有时睡着睡着会吓得坐起来，如果不会那样自我安慰，我想我会夜夜失眠，我想，我的第一次蜕变就在那个时候，就像蛇会蜕掉身上的皮一样，我这样打比方，是不是很可笑？我不知道蛇蜕皮会不会疼，但我的蜕变是伴随着恐惧、迷茫、惊慌和痛苦。

成长是需要付出代价的，我付出了很大的代价，原本属于我的美好品质，现在似乎不见了，它们都被欲望代替。人是贪心的，真的很贪心，得到一样东西会想着得到另一样，或许有的人想要实现梦想，有的人在寻找目标……这些都是欲望，只不过为它披上一层华丽的衣裳罢了。

你赞同我的想法吗？如果不赞同也没有关系，因为人生来就是不同的，想法自然也会有不同，我只是说出所想所感罢了！

（七）

亲爱的，你好吗？

你那里的太阳和月亮是否和我这里的太阳和月亮一样温暖而又凉爽呢？呵呵，说笑了。

我们的太阳和月亮都是天上的那两个，又有什么不同呢？

但是也许有些人的信仰会不同哦，你有信仰吗？或是无神主义者？我是信佛的，其实我只是受到爸妈的影响。我才不相信来世，若有来世又有什么用？记忆和身体都不是现在这个我的！

我知道所谓的神啊佛啊的都是人们自己想象出来的，当一切巧合无法解释的时候，那就只有用怪力乱神来解释，但是我觉得有信仰的人有良心，而没有信仰的人是可怕的，因为没有什么值得他敬畏。

信仰也是一个人的精神支柱，当遇到挫折时，便可以把一切希望托付在神的身上，那样的话，便可以咬咬牙挺过去。

请允许青春期的人愤世嫉俗，我想，也只有年轻的时候可以当"愤青"，因为老了，就麻木了……

（八）

亲爱的，你好吗？

也许你已经开始对我的叙述感到厌烦，但请你一定要耐心地听下去。

算我求你了，好吗？

其实我们每一个人都从幼稚蜕变成熟，在成长的过程中免不了做一些傻事，有的可笑，有的却令人恶心。

还记得我第一位网友，米诺，那个带给我欢乐的人，我们沉浸在对未知的好奇和对幻想的那种怦然心动中。

再后来，妈妈亲手击碎了我的梦，虽然有点疼，但我长大了，那年暑假，我又加入了音乐团队，里面的人让我现在想起都会觉得无比失望，你会觉得很可笑吧。你知道后来怎么样了吗？告诉你吧！我自己结果了它！把它删得一干二净！

我又长大了！

我彻底地认识到自己是什么样的人，典型的没主见、没思想，相信每个人说的每句话，别人想干什么，就要跟着干什么！瞧，我又深刻地了解了自己一层。

人生总有那么些个傻事，好歹我吸取了教训，你不必再说我了，对于这件事，我狠狠地恶心了自己一把。

长大了，就这样长大了，对一切事物的看法，都含有另一层认识。

傻事做多了，也就不傻了，原本仅存的一点点好奇心也磨没了。没了就没了吧，我不稀罕！

可是你呢？

你如今还保留着一颗怎样的心？

对事物怎样的态度呢？

（九）

亲爱的，你好吗？

我多想看看你现在的模样，时光是让你更加丰满，或是更加消瘦，或是更加沧桑？

我已经不想再对时光进行修饰了，因为古今中外，描写它

的多如牛毛，我也不必在这里用我粗浅的文学知识显摆，其实现在我发现用再华丽的辞藻描绘它都显得苍白，然而，也许时光可以抚慰病人的伤口，时间可以治愈一切，但唯独夺不掉我对它的厌恶、痛恨！

它夺走了我的亲人！我的青春！我的童年！我的所有！甚至最后它会毫不怜惜地将我一并带走！

但又如何呢？我们又该怎么对待它呢？我们在它的怀抱中是如此的渺小。想想吧，即使宇宙毁灭了，时光还存在，它不会因为宇宙被毁灭而放慢脚步，而爱因斯坦的相对论告诉我们，我们只可能让时间变慢，而不可能回到过去，所以别妄想改变历史！

我有时会觉得，我们其实就是一颗棋子，下一秒该到哪里就到哪里，因为一切都被计划好，所以一切在它成为历史后就无法再改变，也就是说计划好，所以不会变。而时间仅担当着见证人的角色，你看它那得意样！旁观着别人用生命演绎的戏剧，多么精彩！多么感人！好吧，我也想做一个旁观者，但如今已经身陷其中，无法自拔。

小学时期朗诵过一首《时光老人》的小诗，内容早已记不清了，也许怨恨就是在那时播下的种子吧。

你对时光是怎样的感觉呢？

或许我们的想法是一样的。

那样是最好不过的啦！

（十）

亲爱的，你好吗？

你看过这样一句话吗？当一个人开始喜欢回忆往事时，那么他就真的是老了，如今我发现，奶奶开始喜欢回忆以前的事情，絮絮叨叨地讲个不停，会觉得有点烦，但更多的是心酸和慌张，所以，我可以耐下性子听他说完。

如果这样的话，那我不也是老了吗？我经常喜欢回忆小时候，回忆那不算漫长的过程。

瞧瞧，你又得说我胡思乱想啦！我知道我并不老，很多人看我这张脸还误认为我比实际年龄小很多咧！可是为什么会这样喜欢回忆过去呢？也许是因我的心已经老了，又也许是因为现在的我并不快乐。

你喜欢回忆过去吗？你喜欢幻想吗？其实回忆和幻想真的是很奇妙的一个过程，那时候，你会觉得全世界只有你一个人，那种孤独和寂寞，和风平浪静的心境，真的很令人愉悦，不是吗？

但很早的时候，我就已经会把梦想和幻想分得很清，前者是可能实现，而后者则无法成真，但我们明知这一点，却仍抱有幻想，我想，这一定是为了自欺欺人，来保护自己不受到现实的伤害，但现实就是现实，即使为它包裹上幻想的外衣，剖开仍然是现实，只不过是血淋淋的罢了。

事实上，有时候我们是需要幻想来缓冲一下的，即使结果已经知道。

这个世界里，会有多少现实等着我们揭开它呢？被现实伤得体无完肤的我们，该怎么修补呢？

我不知道，因为我的创伤，至今仍未被治疗好，并且现在开始慢慢地发炎。

你是不是也有伤口没有痊愈呢？其实，一切都会过去，但这些伤口会留下疤痕来提醒点什么，夜深了，早点睡吧！

晚安！

（十一）

亲爱的，你好吗？

我在隐隐担忧你的安全，出门一定要注意啊，因为我有点害怕这个社会。

在一个16岁女孩的眼中，这个社会是可怕的，它像一个饥饿的怪物，化作可怜的模样，博取你的同情，然后再咬你一口，令人慌张。

我该怎么说呢？这个社会变了，变得错综复杂，互联网有多复杂，它就有多复杂，像无数个蜘蛛网交错在一起，所以，它很危险。

媒体爆出的丑闻，令人发指，令人胆战心惊，我们又该怎样保护自己，我不知道我未来的路怎样，我也不知会横生出怎样的祸端，有些事情发生在别人身上，那么下一秒也许会发生在你身上，在同情别人的同时，我们也应该想想自己的处境。

死并不可怕，可怕的是肉体上的摧残和心灵上的折磨，因为那样让人生不如死。

这个社会它病了，它是一个心理有疾病的人，表面上很友善，但内心深处已经被虫蚁啃噬得不成样子了，它急需要一个医生，也许我们可以叹息一声，感叹一下命运，再唾骂一下世道，然后呢？然后我们便各走各路，各吃各饭，时间越长，越麻木。

我害怕，你知道吗？我害怕当我以后再看到或听到这样的新闻会讽刺地笑一下，便过去了，风轻云淡的，没有一点波动。

所以，趁我还会痛心的时候，把自己的想法告诉你，但总要有希望不是吗？没有希望的话明天又该如何过呢？

（十二）

亲爱的，你好吗？

人生只有一次，没有什么来世可说。所有的缘分在这一世结束了也就全部结束了。下辈子你我不可能再记得彼此，这也许是死亡的最大悲哀吧。

我才16岁，才刚刚挥霍着青春。生命的意义似乎也刚开始，但我一直觉得自己在学校里面、在家里面，像是一颗种子，在阴暗潮湿的地牢里发霉、腐烂。

所以我很难过，一次次的尝试，一次次的失败，总也攻不破的堡垒。让我一直在思考活着究竟是为了什么，生命如此短暂，生命如此脆弱，那么活着到底有什么意义？庸庸无为的人很多，但我又是这样的不甘于平凡，那么，我觉得我还有什么希望让未来变得辉煌，这些令我更加惶恐。

不知道什么可以让自己坦然，人与人之间的相处很累，我会想很多，会担心很多。这无疑是自寻烦恼，我知道，很庆幸没有活在战争频繁的那个年代；很庆幸有这样一个爸妈；很庆幸，我是健康无缺的；很庆幸我是平安的，至少现在还是。

我真的怕死，没有办法坦然面对死亡，所以我想在轮回之说里找到些许的安慰。世间的幸与不幸用前世今生、神佛之手来解释，这的确让人变得坦然。信仰的力量大抵就是如此，可以让人安心，所以中国可以延续几千年的统治。

对于我的想法，你觉得呢？

（十三）

亲爱的，你好吗？

我想和你谈谈，也只能和你谈谈。

我不知道该用一种什么样的态度面对人生，但现在我是颓

废的。这种心态下的我，就像用一种玻璃屏障将自己罩在里面。也许自己可以得到片刻的安慰，但伤害了至亲的人，尤其是妈妈，我真的很对不起她。

我不知道怎样控制自己，但她说的话往往是我最受不了的。比如"我终有一天会离开你……""我比别人付出的多，为什么却比别人收获的少?!（指我的成绩）"这些话无疑是最致命的，像子弹正中心口那个位置。每当这时，也许是次数多了，也就麻木了。但感觉却是迟钝的，它会慢慢地疼，疼得让你察觉不到。后来，我另一个反应就是，用更伤人的话语回复她，控制不住地，失去理智地，然后冷静下来恨不得捶死自己，所以我觉得生活很痛苦。

其实也并不痛苦，与那些困在地下饿了七天的人，与那些处于战争中处于疾病中的人相比。但为什么生活会这样麻烦?我是不是应该有耐心?像对待脆弱的婴儿一样对待生活?

可我最大的缺点之一就是没有耐心。

现在的我，被自己画的一个圈囚禁起来。囚禁住了灵魂，囚禁住了很多美好……

我又该如何面对呢?

（十四）

亲爱的，你好吗?

一切都变化得那么快，让人无法预料，你永远不知道明天带给你的是惊恐还是惊喜。所以顺其自然吧，让短暂的生命变得幸福。

又经历了一番风波的我，已经看开了很多。人都会在大风大浪之后开始醒悟，开始学会放弃，开始懂得随遇而安。一切的痛苦都是自己给的，或许痛苦的本身并没有什么。而自己却将自己圈在了某个地方，出不来，也进不去。

生命，要么生，要么死。既然还健康地活在这个世界上，就应该面向阳光的地方。有阳光的地方就一定会有黑暗。这个道理人人都懂，然而黑暗永远无法避免。任何事物的存在都有它存在的道理。每当将自己绕在死胡同的时候，想想世界，想想宇宙吧。当因宇宙浩瀚自己渺小而恐惧的时候，想想亲人吧，他们是你生命的一部分，无法分割的一部分。有了他们的陪伴，就不会再害怕。即使是最糟糕的事情发生，即使你一无所有，但你还有你自己，你自己可以创造一切。虽然在浩浩人群中你只是一粒尘埃，但尘埃努力后也会有自己的一席之地。不要觉得自己很倒霉，比你倒霉的人有很多，总是抬头看，也要学会向下看，向上看久了会忘记下面的风景。

生命是父母送给我们的最好的礼物、最珍贵的礼物，你应该为此而庆幸，在你出生前会有很多可能让你无法来到这个世上。要相信，生活中的幸福一定远大于痛苦。一个自信自强的人，一定会有回报。我一直相信，上苍给予你什么，他便会索取什么。他索取什么，便会给予你什么。而给予和索取的分量是相等的。所以，我一直告诉自己，要珍惜我现在所拥有的。

亲爱的，以前的我还是那样的幼稚，死死地抓着某些东西，不愿放开，那是执念，拴着幻想的执念。我现在将它放开，给了它也给了自己挣脱的机会。虽然很痛，虽然很舍不得，但学会放手的我，也学会了豁达，也拥有了更广阔的天空。

其实我从未放弃过希望，你觉得呢？

在领悟中成长

在领悟中成长，作为本书的结尾，也算是对青春年少的一种总结吧。

如果人的一生必须要经历磨难的话，那么我希望它来的更早一些，因为那时年轻的我还可以承受。

我已记不清这句话出自谁人之口，只记得这句话是母亲告诉我的。字里行间没有一个华丽的辞藻，没有漂亮的比喻，但当听见这句话时，感觉有什么东西呼啸而过，脑海里总是浮现出这句话，从心底某个地方渗出一点点痛苦，像一片雪花飘落在手心，也许觉察不到它的寒冷，但已经冷到了骨骼里。

我一直在思考，这句话为什么带给我这样大的触动，后来我好像从中得到了领悟。

三年级的夏天，我告别了和父母分分合合的日子，一家三口来到了上海，那里有湿润的海风，有飞速奔跑的云，还有下雨漏水的老房子……那时的我还小，只要看到爸爸下班回家的笑容，便什么烦恼也没有。我还记得那时候我说过这样的话："我什么也不要，只要一家三口在一起。"而现在的我可以毫无顾忌地说出这句话吗？我想现在的我，需要在一定的情况下，才可以说出这样的话，这句单纯的话，不掺杂任何世俗臭味的一句话。

后来，我们离开了上海，我亲手将自己养大的豆芽从窗台扔下，它们已经长得很高，很茂盛，很有生机。我还记得它们刚发芽时，带给我对生命前所未有的喜悦。当我从阳台上抛下它们时，我觉得心中似乎有什么破茧而出。

后来便来到了合肥，那时爷爷已经得胃癌住院。直到今天，我还是无法接受生活中少了一位亲人的恐惧感。那时的爷爷爱笑，爱闹，爱玩，爱送我《格言》、漂亮的本子和笔。他总是以一种很小心的表情将这些交到我手里，每每回到芜湖探望他时，他都会瘦上一圈，直到一天晚上，我们一家人从合肥赶到芜湖，爷爷紧闭双眼，嘴里不知念叨什么，我的眼眶干涩，挤不出一滴眼泪，因为在此之前，夜夜我都是在恐惧与悲伤中度过，之前家人瞒着爷爷病情，所以我必须笑着面对他，转身时已泪流满面。在心电图成为一条直线的时候，我摸了摸爷爷的手，那并不是我记忆里的手，记忆里爷爷的手很热，送我上学时，他会用这双热乎乎的大手裹住我冰凉的小手。而现在，这双手垂在身体的两侧，冰冷、僵硬、没有生机，那天的记忆最后只剩下哀号。我想忘记，我想逃避，我害怕死亡，我害怕失去。于是，我想连同整个城市和爷爷一起忘记。但是，失败了。我越来越无法释怀，越来越惊恐，我将这一切痛苦，托付给了时间，让它帮我洗涤记忆。现在的我，可以面对过去，但却无法面对死亡。

一直这样"顺利"上到了中学，那是一个优秀的集体，而我因为理科跛腿，再也无法赶上集体的步伐，小学的辉煌也消耗殆尽……无比艰苦的中学生活伴随着胃痛就这样在中考的失利中结束了。

我一直不能原谅自己，不能原谅懒惰、浮躁的自己。那段时间，我感觉自己像一粒灰尘，飘浮在半空中，上不去，下不来。我痛恨考试，又不得不屈服于它。我一次又一次地与母亲发生冲突，像两只互殴的巨兽，最后两败俱伤。看着母亲日渐苍老的面容，我忽然认识到让母亲苍老的不是时间，而是我！她的心很小很小，只能装下一个我，她的心又很大很大，可以装下我的整个未来！每每吵完后，我自己会陷入深深的自责

中，无法自拔。而到了下一次，战火点燃之时，愤怒会大于理智。我们总会因为学习而争吵，我总会无比怨恨她，后来母亲说了这样一句话："世上哪个妈妈不想自己孩子更优秀，将来可以生活得幸福？"这句话犹如一把锋利的刀，直直捅进我心口，我会更痛恨我自己，为什么母亲耕耘的比别人多，而收获的却比别人少？我为什么总这样叛逆，惹父母伤心？后来，看着爸爸消瘦的身影，我忽然想狠狠扇自己几个耳光。我有什么资格抱怨生活？有什么资格抱怨家庭？有什么资格抱怨父母？他们从来都是给你最好的，不惜花再多钱给你补习！然而正是这样，我更加痛恨自己。初三那年，父亲因血糖太高住进了医院，我忽然觉得天塌了！那真是一种濒临绝望的悲伤。探望父亲时，我扑进他怀里号啕大哭。我似乎又长大了许多，也看透了许多。

现在，我又辗转回到当初出发的地方——芜湖，像是一个圆，看似空白的圆。感觉让人啼笑皆非，这样回到初始点，那以前的一切又算什么？但是，回忆了那么多，我也不再那样耿耿于怀。我已走过了生命的一小部分，也许是一大部分，我不知道我的生命在什么时候会停止，更不知道今后会经历什么。然而，我总是坚信，有幸福就一定会有痛苦，有痛苦就一定会有幸福，一切的一切都是相对的。而痛苦对有的人来说，如灭顶之灾，而对有的人来说，笑一笑，咬咬牙就过去了。然而经历了许多的我，或许当下一次动荡来临之时，即便不能做到处之泰然，但也可以安然自若。我或许会埋怨，会不甘，会愤怒，但我也会顺从于生活，保护自己，不让它伤害到我，或许别人的棱角需要很多年才能磨平，而我只需要这几年。生命，是在经历过种种磨难之后的大彻大悟，在大彻大悟中长大！

如今的我，学会了忘却，也学会了感恩。